Annette Roeder

DIE KRUMPFLINGE

Egon feiert Geburtstag

Annette Roeder

DIE KRUMPFLINGE

Egon feiert Geburtstag

Band 11

Mit Illustrationen von

Barbara Korthues

cbj

Sollte diese Publikation Links auf Webseiten Dritter enthalten, so übernehmen wir für deren Inhalte keine Haftung, da wir uns diese nicht zu eigen machen, sondern lediglich auf deren Stand zum Zeitpunkt der Erstveröffentlichung verweisen.

Dieses Buch ist auch als E-Book erhältlich.

Weitere Abenteuer von Egon Krumpfling und seinem Freund Albi Artich hat die Autorin Annette Roeder hier erzählt:
Die Krumpflinge – Egon zieht ein! (ISBN 978-3-570-15858-6)
Die Krumpflinge – Egon wird erwischt! (ISBN 978-3-570-15859-3)
Die Krumpflinge – Egon schwänzt die Schule (ISBN 978-3-570-17090-8)
Die Krumpflinge – Egon taucht ab! (ISBN 978-3-570-17123-3)
Die Krumpflinge – Egon rettet die Krumpfburg (ISBN 978-3-570-17262-9)
Die Krumpflinge – Egon wird großer Bruder (ISBN 978-3-570-17284-1)
Die Krumpflinge – Egon wünscht krumpfschöne Weihnachten (ISBN (978-3-570-17344-2)
Die Krumpflinge – Egon macht Ferien (ISBN 978-3-570-17395-4)
Die Krumpflinge – Egon spukt in der Schule (ISBN 978-3-570-17477-7)
Die Krumpflinge – Ein Freund wie Egon (ISBN 978-3-570-17526-2)

FSC www.fsc.org MIX Papier aus verantwortungsvollen Quellen FSC® C043106

Verlagsgruppe Random House FSC® N001967

1. Auflage 2018

Vermittelt durch die Literarische Agentur Barbara Küper
Umschlag und Innenillustrationen: Barbara Korthues
Serienlogo: Barbara Korthues
Lektorat: Hjördis Fremgen
hf · Herstellung: AJ
Satz und Reproduktion: Lorenz & Zeller, Inning a. A.
Druck: Grafisches Centrum Cuno GmbH & Co. KG, Calbe
ISBN 978-3-570-17598-9
Printed in Germany

www.cbj-verlag.de

Inhaltsverzeichnis

Aus Albis Freundebuch

Vorname: Egon

Nachname: Krumpfling

Haare: babyspinatgrün und überall am Körper

Augen: glupschig

Größe: 17,3 cm, wenn ich mich strecke

Besondere Merkmale: herzförmiger Fleck rechts auf der Brust

Das bin ich:

ganz schön, gell?!

Familie: ungefähr 49 Krumpflinge, wir sind alle miteinander verwandt

Ich wohne: Krumpfburg Nr. 22, in der roten Kindergießkanne mit den weißen Punkten (der Skistiefel wär mir lieber)

Alter: weiß ich nicht, aber ich bin der Jüngste der Krumpfling-Sippe

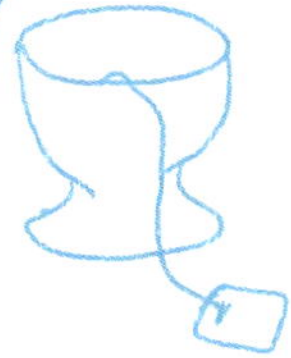

Lieblingsessen: Schimmelpilze mit Semmel-Knödeln

Lieblingsgetränk: Frisch gebrühter Krumpftee (am gernsten den aus Albis Schimpfwörtern)

Was mir gar nicht schmeckt: lol-Brause, bäh, da muss ich pupsen

Meine Hobbys: andere ärgern (aber so, dass sie nicht weinen müssen), schlafen, Teelöffel-Hockey spielen

Was ich einmal werden möchte: Dieb oder Ganove

Wovor ich Angst habe: Hunde und manchmal Oma Krumpfling

Meine besten Freunde: Albert Artich und sonst Keiner

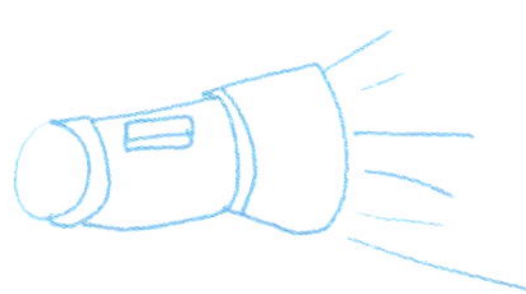

Ein Mal-Talentier

Egon schulterte den flaschengrünen Buntstift und stapfte aufgeregt um sein Bild herum. Löffelohren und Flauschefell, Kugelbauch und Glupschaugen. Die beiden Hackezähnchen blitzten frech aus dem breiten Maul. Das Selbstbildnis sah ihm schon recht ähnlich. Aber irgendetwas hatte er vergessen … Sein Kunstwerk gefiel ihm noch nicht richtig. Und er wollte es Albi erst schenken, wenn es perfekt war! Der kleine Krumpfling und das Nachbarmädchen Lulu Vogelsang waren zu Besuch bei Albert Artich. Zuerst hatten sie auf Lulus Wunsch „Vater, Mutter, Krumpfkind“ gespielt. Aber dann war Egon die Lust vergangen, sich wickeln zu lassen und immer nur „Whää-Whää“ zu wimmern. Albis Vorschlag, seine neuen Buntstifte auszuprobieren, kam ihm da gerade recht.

„Für meinen liebsten Menschenfreund ist nur das Beste krumpfgut genug“, flüsterte er vor sich hin und verbesserte den dicht gezeichneten Pelz mit vielen Strichen. Lulu war wie immer als erste fertig und schielte nun zu Egon hinüber.
„Du kannst ja toll malen!“, rief sie aus. „Ich wusste gar nicht, dass du so tanteliert bist!“
„Natürlich ist unser Egon talentiert!“ Albi wuschelte Egon stolz wie ein Papa über den Haarschöppel. Genau in diesem Moment wurde die Zimmertür aufgerissen und Frau Artich eilte herein. Mit einem Satz sprang Egon auf Lulus Schulter. Die umhüllte ihn sofort mit ihren langen Haaren. Rosalie Artich durfte Egon doch nicht sehen! Bis auf die beiden Kinder wusste niemand, dass der kleine Kerl sich täglich heimlich

aus der Krumpfburg im Keller stahl, um seine Freunde in der Menschenwelt zu treffen.
Albis Mutter rümpfte die Nase. „Albert Artich, du sollst doch nicht malen ohne zuerst alte Zeitungen auf dem Boden auszubreiten. Wie du weißt, besuchen mich am Sonntag meine Freundinnen zum Kaffeekränzchen. Da muss das ganze Haus tippitoppi sein."
„Aber Mama", sagte Albi und wedelte mit einem roten Buntstift. „Diese Stifte hast du mir geschenkt, weil man mit ihnen keine Sauer …"
„Sauerkirschfarbene Spuren kann man auch mit Buntstiften hinterlassen", unterbrach ihn seine Mutter. Sie legte allergrößten Wert darauf, dass ihr Sohn sich gewählt ausdrückte. Begriffe wie „ferkelfiese Sauerei" und „vergammelter Faultierfurz" oder gar Schlimmeres erklangen in der Villa Artich nur, wenn Albi sie beim Zähneputzen heimlich in den Abfluss rief, um den Krumpflingen im Keller Nachschub für ihre Krumpfteevorräte zu liefern. Die kleinen Wesen liebten den leckeren Aufguss aus Menschenschimpfwörtern!

Frau Artich untersuchte den Boden genau, aber konnte keinen Flecken finden. Dabei fiel ihr Blick auf Egons Bild.
„Du lieber Himmel. Wer von euch beiden hat denn dieses grüne Scheusal da hingeschmiert?“, wollte sie wissen. „Dafür ist ja das Papier zu schade!“
„Du kurzsichtige Dummnuss!“, schimpfte Egon empört. „Ich bin ein Mal-Talentier!“
So schlecht war sein Bild nun auch wieder nicht! Dann hielt er sich erschrocken die Pfoten vor das Maul, damit ihm nicht noch mehr herausrutschte.
Frau Artich wurde radieschenrot und funkelte Lulu wütend an. Sie musste schließlich denken, das Mädchen wäre gerade so frech gewesen. Dass ein Krumpfling unter Lulus Haaren hockte und herumschrie, konnte sie ja nicht ahnen.
„Luise Vogelsang, dein Benehmen mir gegenüber lässt zu wünschen übrig.“
Lulu würde Egon natürlich nie im Leben verraten. Also stammelte sie eine Entschuldigung, die Frau Artich gnädig annahm.

„Von dir war es aber auch nicht sehr freundlich, so schlecht über das Bild zu sprechen“, versuchte Albi seine Freundin und zugleich Egon zu verteidigen. „Es ist mit allergrößter Mühe gemalt worden.“

Seine Mutter betrachtete Egons Bild kopfschüttelnd. „Du hast recht mein Sohn, nicht jeder ist mit deiner künstlerischen Begabung gesegnet …“ Sie lächelte plötzlich vielsagend. „Nun, da kommt ja das, was ich dir gerade geben wollte, genau richtig!“

Aus ihrer Schürzentasche zog sie einen Stapel bedruckter Karten und reichte sie Albi. Der las laut vor: „Mal mit großen Künstlern! Führung durch das Museum der alten Meister mit anschließendem Malkurs im mu-se-ums-pä-da-go-gi-schen Zentrum. Was soll das denn sein, bitte?“

„Das sind die Einladungskarten für deinen Geburtstag am kommenden Samstag, mein Albispatz! Ich habe die Feier als Überraschung für dich beim Museum alter Meister gebucht und heute waren die Unterlagen endlich in der Post. Du musst nur noch die Namen deiner Freunde, die du einladen möchtest, eintragen und unterschreiben." Mit einem strengen Blick auf Lulu fügte sie hinzu: „Luise wird dir sicher gerne dabei helfen. Ordentlich schreiben kann sie ja hoffentlich. Und schön zu malen lernt sie dann beim Kunstkurs."

Albi ist wütend

Frau Artich hatte kaum die Zimmertür hinter sich geschlossen, da pfefferte Albi den Stapel Einladungskarten auf den Boden.
„Ein Kunstkurs und eine Führung durch alte Ölschinken. Da laufen mir doch meine Freunde davon! Was hat sich Mama da wieder gedacht! Geht es noch langweiliger?“
„Nö“, bestätigte Lulu aufrichtig. „Geht’s nicht. ‚Museumspagodisches Zentrum‘ klingt wie ‚Anstalt für schwer erziehbare Kinder‘. Warum organisiert sie denn keine Party mit Spielen für dich daheim, so wie mein Pa das immer macht?“
„Weil es im Haus Dreck macht und nicht lehrreich ist.“ Albis Augen füllten sich vor Enttäuschung mit Tränen. „Ich habe doch Geburtstag! Den möchte ich einmal so feiern, wie ich mir das wünsche. Und nicht wie meine Eltern es für richtig halten.“

„Recht hast du“, bestätigte Lulu. „So ein Päddeldoggenquatsch ist eine Kinderquälerei und keine Kinderfeierei.“
Egon wurstelte sich unter Lulus Haaren hervor und tapste zu Albi. Liebevoll streichelte er mit seiner kleinen Pfote Albis großen Zeh.
„Sei nicht traurig, Albi.“ Er blinzelte ihn von unten durch seinen Haarschöppel an. „Sieh es doch mal mit anderen Glupschaugen. Deine Eltern freuen sich wenigstens, dass du Geburtstag hast und wollen dafür sogar ein Fest ausrichten. An meinen Rupftag dagegen denkt keine Kellerassel!“
„Aber du feierst ihn doch trotzdem mit deinen Freunden?“, hakte Lulu nach.
„Natürlerich nicht.“ Egon ließ betrübt die Löffelohren hängen. Erst jetzt wurde ihm bewusst, wie schauerschrecklich man in der Krumpfburg mit den Rupftagen der Sippenmitglieder umging.
„Ich weiß ja nicht einmal, wann mein Rupftag ist.“ Jetzt musste er selbst weinen. Eine dicke Träne suchte sich ihren Weg durch den grünflauschigen

Pelz in seinem Gesichtchen und tropfte auf eine der Einladungskarten.
Albi riss ungläubig die Augen auf.
Der Ärger über die Planung seiner Geburtstagsfeier war sofort verflogen.
Offensichtlich gab es noch viel Schlimmeres, als im Museum zu feiern!
Behutsam nahm er den kleinen Krumpfling in beide Hände und drückte ihn sanft an sich. Ein dicker Knödel Mitleid steckte ihm im Hals.
„Nicht weinen, mein lieber Egon! Ich hab dich lieb“, flüsterte er. „Alles andere ist nicht wichtig!“
Lulu widersprach prompt: „Doch! Der Tag, an dem man auf die Welt gekommen ist, ist sogar sehr wichtig. Es ist der wichtigste Tag im Jahr, noch vor Weihachten, Ostern und Halloween! Egon muss unbedingt herausfinden, wann sein Rupftag ist.“
Das sah Egon sofort ein. Er wischte sich die letzte Träne von der Schnauze und strampelte sich aus Albis Händen frei.

„Lulu, du hast rotzrabenrecht! Jeder Krumpfling sollte Anspruch auf seinen Rupftag haben!"
In Kugelblitzgeschwindigkeit sauste er zu Tür.
„Ich komme wieder! Aber erst, wenn ich 18 695-millionig sicher weiß, wann ihr mir zum Rupftag gratulieren dürft!", rief er im Davonwuseln.
„Hoffentlich findet er es schnell heraus", sagte Lulu zweifelnd.
Albi nickte eifrig. „Ich möchte nicht lange auf meinen besten Freund verzichten müssen. Mit oder ohne Rupftag, das ist mir egal."
Dann begann er, seine verstreuten Geburtstagseinladungen aufzuklauben. Er wollte sie gleich fertig ausfüllen und morgen an seine Klassenkameraden verteilen.

Wer weiß wann?

Egon kam genau zum richtigen Zeitpunkt in der Krumpfburg an. Das von Oma Krumpfling verordnete Mittagsschläfchen war gerade zu Ende.
50 Krumpflinge krochen einer nach dem anderen aus ihren Wohnhöhlen. Geschäftig begannen sie, ihren Aufgaben nachzugehen. Keiner bemerkte dabei, dass Egon durch das alte Ofenrohr, dem Haupteingang der Burg, hereinschlüpfte und nicht aus der roten Kindergießkanne mit den weißen Punkten krabbelte, die die Chefin ihm als Behausung zugeteilt hatte. Der kleine Krumpfling sah sich zwischen den herumwieselnden Sippenmitgliedern um.
„Du hast geschworen, deinen Rupftag herauszufinden. Wer kann dir jetzt helfen, Egon Krumpfling?“, überlegte er laut.
„Gaga! Gaga!“, rief da eine Quietschestimme

hinter ihm. Der Mini-Krumpfling, der immer die Buchstaben verwechselte, sprang um Egon herum. Aufgeregt fuchtelte er mit einem Buch und schrie: „Verlosen!“
„Du willst das Buch hier verlosen?“, fragte Egon. „Tu das. Aber ich möchte kein Los. Ich muss nämlich herausfinden, wann ich Rupftag habe.“
Da wurde Gaga wütend „Boch vun Amo Krimpflung net vorlesen. Ver-lo-sen!“
„Sag ich doch. Wenn du ein Buch von Oma Krumpfling verlosen möchtest, solltest du eine Tombola veranstalten“, erklärte Egon geduldig. Voller Zorn, weil Egon ihn nicht richtig verstand, schmetterte Gaga das Buch auf Egons Fuß. Obwohl er der Allerallerkleinste der Krumpflinge war, hatte Gaga ziemlich viel Kraft. Während Egon sich die schmerzenden Zehenkrallen rieb, schrie Gaga noch lauter: „VERLESON!“ und trommelte auf den dunkelgrauen Buchdeckel.
Da kapierte Egon endlich, was Gaga von ihm wollte. Er hob das Buch mit dem wenig einladenden Titel „Pfoten weg!“ auf und drückte es dem

kleinen Kerlchen in die Arme. „Ach so, du möchtest, dass ich dir vorlese. Aber leider habe ich jetzt gar keine Zeit für dich! Frag jemand anderen.“
„Amo Krimpflung nicht Zeit hat. Hat gasegt, Gaga geh weg. Freiläun Glemmer neicht Zit hat. Prefossor Hanigschwomm nicht Zat heit!“ Gaga versuchte eine bedrohliche Grimasse zu schneiden.
„Ogen Zeit huben mass!“
Wenn Gaga vorgelesen bekommen wollte, konnte er sehr hartnäckig sein. Buchstaben waren seine große Leidenschaft. Selbst bei einem unscheinbaren Buchdeckel mit der Aufschrift „Pfoten weg!“
Egon wollte Gaga auf später vertrösten, doch er kam nicht dazu.

„BUH!“ Ein Schrei direkt an seinem linken Löffelohr erschreckte ihn so, dass er nach hinten plumpste. Zwurz fieses Gesicht tauchte kopfüber vor Egons Schnauze auf und verschwand sofort wieder nach oben. Kichernd ließ Zwurz das Gummiband los, an dem er vom alten Garderobenständer gebaumelt war, und purzelte nun auch auf den Boden.
„Reingelegt, ätsch! Spielt das Herziangstihasi schön mit dem Krumpfibaby duziduzi?“
Egon beschloss, die Anspielung auf den herzförmigen, hellen Fleck in seinem Brustfell einfach zu überhören. Doch Gaga wedelte stolz mit dem Buch. „Gaune! Ogen Gaga verlost!“, krähte er. „Später lese ich dir vor. Jetzt habe ich etwas zu erledigen“, berichtigte ihn Egon. Dann wandte

er sich wieder an Zwurz: „Sag mal, weißt du zufällig, wann mein Rupftag ist?"

Zwurz verzog abschätzig das Maul. „Wieso sollte ich mich dafür interessieren? Ich kann mir ja nicht mal den Rupftag meiner Zwillingsschwester Zara merken!" Geschickt wie eine Spinne kletterte er das Gummiband wieder hoch. „Jetzt verzupft euch, ihr beiden Wurmhirnchen, ich will noch jemand anderen erschrecken! Dusselkurt müsste gleich hier vorbeikommen. Hihihoho, der lässt bestimmt vor Angst seinen Müll fallen, wenn ich mich von oben auf ihn stürze!"

Zwurz war wirklich der Gemeinste aller Krumpflinge! In so eine fiese Falle wollte Egon den armen Dusselkurt nicht laufen lassen. Der Müllmann hatte ein einfacheres Gemüt als die meisten Krumpflinge, aber war auch nie so bösartig wie sie. Also beschloss Egon, ihn zu warnen, und lief zum Müllplatz. Gaga trappelte mit dem Buch in den Pfoten hinter ihm her. Dusselkurt schaufelte gerade die letzten Krümel Krumpfteeabfall von der Wertstofftonne in seine verbeulte Transport-Dose.

„Heda, ihr beiden Süßerlinge!“, begrüßte er Egon und Gaga freundlich. „Nett, dass ihr bei mir vorbeischaut, obwohl ich doch so müffeln tu.“
Es stimmte wirklich, der Müllmann roch immer etwas ranzig, weil er in einem alten Olivenölkanister hauste. Aber Egon war das egal und auch Gaga schien es nicht zu stören.
„Desselkurt verleson?“, schlug Gaga vor. Er hielt Dusselkurt das Buch hin. Der blätterte kurz die Seiten durch und gab Gaga das Buch zurück.
„So viele Zahlen und Buchstaben … Die bring ich leider total durcheinander. Beim Lesen hab ich vom Professor immer ’ne Eins mit Stern gekriegt. Außerdem muss jetzt endlich ma der Müll raus.“
Er schulterte die Abfalldose.

„Zwurz will dich ganz hintertückisch erschrecken, geh lieber nicht am Garderobenständer vorbei!“, warnte ihn Egon.
„Hä?“ Dusselkurt brauchte einen Moment, bis er verstand. „Mich erschrecken? Krumpfguter Propellerpups! Da hätt ich mir ja in den Pelz gepippit vor Angst!“ Er streichelte Egon mit seiner dicken Pranke über den Kopf. „Bist echt ’n Guter, Egonchen, danke dir. Wenn ich ma was für dich tun kann, gibste Bescheid, ja?“
Dusselkurt war wirklich nett! Kein normaler Krumpfling bot einem anderen freiwillig seine Hilfe an.
„Unter Umständen kannst du mir jetzt schon helfen?“, fragte Egon hoffnungsvoll. „Ich suche jemanden, der mir sagen kann, an welchem Tag ich gerupft wurde.“
„Wenn’s weiter nichts is!“, erwiderte Dusselkurt. „An dein’ Rupftag erinner ich mich so gut wie an mein’ ersten Schluck Krumpftee!“
Da jubelte Egon, dass es durch die ganze Krumpfburg schallte.

Dusselkurt erinnert sich

„Erzähl mir alles über meinen Rupftag, Dusselkurt!“, bat Egon den Müllmann der Krumpflinge. Dusselkurt stellte die Abfalldose ächzend wieder ab und hockte sich darauf. Seine Glupschaugen glänzten bei der Erinnerung.

„Also, das war so ’n sonniger Tag im Spätsommer oder Frühherbst, so wie heute ungefähr. Die Zwetschgen fingen schon an, lecker zu gammeln und beim Kompost von den Vogelsangs blühten gerade die letzten Rosen.“

Selbst Gaga ließ nun sein Buch sinken und lauschte aufmerksam.

„Du bist ja so ’n hübsches Krumpfnüsschen gewesen, Egonlein …“, fuhr Dusselkurt fort, „Irgendwie grüner als die andern und mit lustigen Tupfen auf der Schale. Gefunden hat dich übrigens die

starke Netti zwischen ein paar steinharten Gummibärchen in einem vergessenen Osternest."
Egon nickte Dusselkurt aufmunternd zu, damit der weitersprach.
„Professor Honigschwamm konnte dich gar nich schnell genug in den nächstbesten Blumentopf stopfen, so aufgeregt war der. Hast dir aber 'n büschn Zeit gelassen mit 'm Keimen und Wachsen. Irgendwas is mit der Nährlösung nich ganz richtig gelaufen. Die musste mit Hollunderbrause gestreckt werden, weil grade 'ne Teekrise in der Krumpfburg war."
„Ich dachte, Onkel Artur Artich hätte immer zuverlässig geschimpft?", fragte Egon nach.
Dusselkurt grinste breit. „Hat er brav. Aber die Tage vor deiner Rupfung war der Alte zu Besuch bei sei'm Neffen Bertram und der Rosalie, bei

denen sollte doch auch bald ’n Baby schlüpfen. Die schimpfen fast gar nich. Schade, dass die jetzt hier über uns wohnen und nich mehr er. Der Balg von denen is ja auch viel zu brav.“

Egon versuchte, Dusselkurts Aufmerksamkeit wieder zurück zu seinem Rupftag zu lenken.

„Und wer hat mich dann gerupft, Dusselkurt?“

„Na, die Chefin, natürlich. Die rupft uns alle. Die is rosa vor Schreck geworden, als sie deinen niedlichen Herzchenfleck gesehen hat und meinte, du würdest bestimmt mal ’n Sorgenkrumpfling. Wir ham dann trotzdem ganz laut das Rupftagslied für dich gesungen. Viel Unglück und viel Regen …“

Egon hielt es vor Aufregung kaum mehr aus.

„Und wann war das genau, Dusselkurt?“, fragte er gespannt. „An welchem Datum, meine ich!“

„Stimmt, das wolltste ja wissen. Das war am Sonntag, den … äh.“ Dusselkurt schielte, als würde er so besser in seinen Kopf schauen können. „Ne … am Mittwoch, den … ähm … Oder doch genau … Ja … da war’s!“

Dusselkurt strahlte auf wie ein Scheinwerfer.
Egon hielt die Luft an.
„Vorloson!“, quakte Gaga, dem nun doch wieder langweilig wurde, dazwischen.
„Psst!“ Ungeduldig hielt ihm Egon das Mäulchen zu, um Dusselkurt nicht beim Erinnern zu stören.
Doch der Müllmann sank plötzlich zusammen wie ein angestochener Luftballon.
„Oh. Jetzt hab ich's doch vergessen.“

Egon wird erwischt

Egon hätte laut aufheulen können. Eben war er nur ein Schnauferchen davor gewesen, seinen Rupftag zu erfahren! Und im letzten Moment hatte ihn Dusselkurt nun doch vergessen.
„Tut mir leid, Jungchen!“ Dusselkurt erhob sich. „Jetzt erledige ich ma meinen Job und dann fragste mich später nochma. Vielleicht kommt die Erinnerung zurück in die Matschbirne.“ Er tippte sich mit der Zeigekralle an die Stirn und trapste mit dem Müll davon.
Selbst Gaga schien Egons Enttäuschung zu spüren.
„Ogen indlech vorlesen?“, fragte er ganz lieb und schob Egon das Buch hin.
„Nervkrumpf, lass mich in Ruhe!“, rief Egon wütend.
In seinem Bauch tobten die

Gefühle wie ein Hurrikan. Er packte das Buch und warf es in hohem Bogen hinter den Starenkasten, in dem das Postamt der Krumpflinge untergebracht war.

„Bech wug, Amo Krimpflungs Bech wug!“ Jammernd rannte der kleine Gaga hinterher. Egon schämte sich sofort für seinen Wutausbruch. Gaga konnte ja nichts dafür, dass Egon unbedingt seinen Rupftag herausfinden wollte und Dusselkurt sich nicht gleichzeitig seinen Vor- und Nachnamen merken konnte! Man durfte seine Wut nicht an Schwächeren auslassen. Das erlebte Egon doch selbst oft genug. Er wollte Gaga nachlaufen und ihm beim Suchen helfen, als ihn jemand am Schlafittelfell packte.

„Hiergeblieben, du Drückeberger-Wicht, hiergeblieben! Dich such ich schon seit Schulschluss!“

Das konnte nur einer sein: Professor Honigschwamm! Der Lehrer der Krumpflinge hatte offensichtlich bemerkt, dass Egon heute nach der zweiten Pause nicht in den Schmier- und Matschunterricht zurückgekommen war. Jetzt hieß es, sich schleunigst eine gute Ausrede einfallen zu lassen.
„Krumpf zum Gruß, Professor Honigschwamm!“, begrüßte er seinen Lehrer, während er sich langsam umdrehte. „Scheußliches Wetter heute, nicht?“
Professor Honigschwamm zog sein strengstes Nussknacker-Gesicht.
„Du brauchst gar nicht versuchen, abzulenken. Gestehe sofort, warum du gefehlt hast. Sofort!“
„Weil … weil … weil ich … eine Überraschung vorbereitet habe“, schwindelte Egon und biss sich schnell mit seinen Hackzähnchen auf die Lippe um nicht hellblau vor Verlegenheit zu werden.

„Eine Überraschung?“ Professor Honigschwamm zupfte sich verwundert die Bartspitzen. „Für wen denn?“
Da hatte Egon eine gute Idee. „Die möchte ich Oma Krumpfling zum Rupftag schenken! Sie hat doch bald?“, fragte er scheinheilig.
„So etwas Beknackertes kann auch nur dir einfallen, so etwas Beknackertes!“, antwortete Professor Honigschwamm. „Wann unsere werte Chefin das Licht der Krumpfwelt erblickt hat, interessiert keinen normalen Krumpfling. Wir merken uns aus Prinzip nicht die Rupftage, sonst müssten wir sie ja feiern und uns Geschenke machen und das ist gegen unsere Natur!“
„Das heißt, man kann niemals einen Rupftag herausfinden?“, fragte Egon entsetzt.
Professor Honigschwamm nickte gewichtig. „Es ist quasi unmöglich, quasi. Alle Rupftage stehen in einem geheimen Stammbuch. Dieses bewacht die Chefin höchstkrumpflich in ihrer Wohn-Handtasche, höchstkrumpflich!“
„Puh!“, schnaufte Egon vor Erleichterung laut auf.

Es war zwar schwierig, einen Rupftag herauszufinden, aber wohl doch nicht unmöglich! Er war auf seiner Suche einen Riesenhüpfer weitergekommen.

„Dann schenke ich Oma Krumpfling die Überraschung einfach so!“, erklärte er fröhlich.

„Du ärmeliger Dummtropf, du bist einfach zu gut für unsere Krumpfwelt, zu gut“, antwortete Professor Honigschwamm kopfschüttelnd und tätschelte ihm den Haarschöppel. „Deswegen erlasse ich dir ausnahmsweise morgen die Stunde Nachsitzen, obwohl du heute geschwänzt hast.“

Egon wollte sich gerade bedanken, da fügte sein Lehrer feixend hinzu: „Dafür wirst du am Samstag in die Schule kommen und alle Bänke putzen. Alle Bänke.“

Doch nicht einmal das konnte Egon die gute Laune verderben!

Die Einfach-so-Überraschung

Egon wartete nicht erst, bis sein Lehrer außer Sichtweite war oder Gaga wieder mit seinem Buch auftauchte. Er raste in seine Gießkanne und sah sich zwischen seinen Schätzen um. Das Passfoto von Albi konnte er natürlich nicht hergeben und auch nicht den silbernen Bleistiftanspitzer ohne Klinge, den Lulu ihm geschenkt hatte. Also kramte er hastig alle Vogelfedern zusammen, die er in Artichs Garten gesammelt hatte. Nur ungern trennte er sich von ihnen. Besonders die schwarze mit den weißen Punkten vom Buntspecht und die leuchtend blaue Eichelhäher-Feder waren sein ganzer Stolz. Doch manchmal musste man eben Opfer bringen! Egon wickelte die Federn in einen Fetzen Zeitungspapier und verschnürte das Paket mit Zahnseide. Der kleine Rest Nagellack in dem Fläschchen, das ihm die

Bibliothekarin Fräulein Glemmer einmal an den Kopf geworfen hatte, eignete sich wunderbar, um sein Geschenk für die Sippenchefin zu beschriften:
Einfach so für Oma Krumpfling!
Jetzt musste er es nur noch möglichst weit außerhalb der Krumpfburg verstecken, damit Oma Krumpfling auch lange genug brauchte, um es zu finden. Er trabte los. Die Babybadewanne unter dem Regenabflussrohr, in der die kleinen Krumpflinge manchmal schwimmen durften, schien ein passender Platz. Egon schob sein Päckchen so zwischen Plastikwand und Mauer, dass nur ein kleines Eck davon hervorlugte. Dann wuselte er durch das Ofenrohr zurück … geradewegs vor Gaga. Der Kleine hatte sein Buch wiedergefunden, winkte damit und strahlte Egon an. „Betti Ogen jitzt lest. Betti, betti!“
Egon nahm ihn an den Schultern und sah ihm fest in die runden Glupschäuglein.
„Es tut mir sehr leid wegen vorhin. Da war ich wirklich ungerecht zu dir“, sagte er. „Ich verspreche dir bei Opa Krumpflings Propellerflug, dass

ich dir gleich vorlese. Aber zuerst muss ich noch Oma Krumpfling einen Besuch abstatten!“
Bevor Gaga sein Mäulchen aufmachen und sich beschweren konnte, sauste Egon über den Hauptplatz der Burg am großen Brausekopf vorbei zu Oma Krumpflings Handtasche. Er schwitzte vor Aufregung unter seinem grünen Pelz, als er außen an der Tasche nach oben turnte und einmal fest mit der Fahrradglocke schellte, die Oma Krumpfling an den Griff geschraubt hatte.
„Bin nicht da!“, ertönte die Stimme der Chefin aus der Handtasche.
Egon ließ sich nicht beirren und klingelte ein zweites Mal.

„Hat Krumpf Maiskölbchen in den Löffelohren oder was? Ich bin NICHT da!“, kreischte Oma Krumpfling.
Doch kurz darauf hörte Egon es im Inneren der Tasche rascheln und ächzen. Dann erschien der kugelige Kopf der Chefin. Offenbar war sie gerade dabei gewesen, sich die Haare zu machen. Denn eine Hälfte ihrer lila Flusen hing spaghettiglatt nach unten, während die andere Hälfte in Strähnen auf Korken gedreht war. Die Chefin war noch schlechter gelaunt als sonst.
„Ich hatte heute Morgen schon den nervigen Gaga an der Schwabbelbacke, das genügt mir für die nächsten 100 Jahre. Wer stört mich denn jetzt?“, fragte sie ungehalten. „Und vor allem: Warum?“
Dann erkannte sie Egon und schaute gleich noch

grimmiger. „GRRRUIH. Ausgerechnet Egon, mein Sorgenkrumpf! Hoffentlich hast du einen guten Grund, mich herauszubimmeln!“

„Das hab ich, allerböseste Oma Krumpfling!“, antwortete Egon höflich. „Vor den Toren der Krumpfburg liegt ein Einfach-so-Geschenk für dich! Ich hab es ganz zufällig entdeckt, als ich mir die Pfoten vertreten wollte.“

„Ein Geschenk? Für mich?“, kreischte Oma Krumpfling und schwang sich überraschend gewandt über den Taschenrand. „Uff! Sag das doch gleich, du Traumelpatsch!“

Schnaufend watschelte sie davon. Dabei schien sie nicht einmal zu stören, dass sie keine Pantoffeln anhatte.

„Egon Krumpfling, das klappt ja wie am Bindfaden!“, lobte sich Egon selbst. Bis Oma Krumpfling ihr Geschenk erschnüffelte, würde er genügend Zeit haben, in ihrer Wohnhöhle das Stammbuch zu finden. Mit einem Satz hüpfte er in das Innere der Handtasche. Hier wurde ihm dann doch ein bisschen mulmig. Heimlich in das

Allerheiligste der Chefin vorzudringen, war schon ziemlich wagemutig. Aber Egon hatte ja auch ein wichtiges Ziel! Seine Pfoten zitterten, als er das Handy beiseite schob, auf dem Oma Krumpfling in ihrer Freizeit komische Spiele zockte. Dann wühlte er sich durch ihre abgelegten Lockenwickler: Tintenpatronen, Schrauben, ungekochte Nudeln, Eislöffelchen aus Plastik und schimmelige Essiggürkchen. Unter diesen stieß Egon auf die Vorratsdose mit dem kostbaren Krumpfteepulver. Für einen Augenblick kam er in Versuchung, sich eine Pfote voll zu mopsen … doch dann zog er die Krallen wieder vom Deckel zurück. Für einen Banditen oder Ganoven war er einfach zu

ehrlich! Aber wo steckte denn nun das geheime Stammbuch? Das Hauptfach der Wohnhandtasche hatte Egon gründlich durchforstet.

Er sah sich um. Natürlich, im Seitenfach in der Tasche! Egon zog den Reißverschluss auf und fasste erwartungsvoll hinein. Er spürte Papier und zog daran. Ein Briefkuvert, adressiert an die allerhöllischste und gräulichste Oma Krumpfling von ihrem glühenden Verehrer Honigschwämmchen. Egon warf den peinlichen Brief beiseite und tastete weiter. Hier musste das Stammbuch der Krumpflinge irgendwo stecken … Doch die Seitentasche war nun leer wie ein ausgeschlabberter Krumpftee-Eierbecher.

Egon liest vor

So eine bittere Enttäuschung! Hatte Professor Honigschwamm Egon etwa ausgetrickst und dieses geheime Stammbuch nur erfunden? Wahrscheinlich war der kleine Krumpfling mal wieder auf einen fiesen Trick hereingefallen. Er musste sich nun wohl damit abfinden, dass er niemals seinen Rupftag erfahren würde. Das ganze Risiko für nichts und gar nichts!

„Und deine schönen Federn sind auch futsch, Egon Krumpfling", sagte er zu sich selbst. „Das ist wahrscheinlich die Strafe vom großen Krumpf, weil du immer nur an dich selbst denkst. Als ob dein Rupftag so wichtig wäre."

Seufzend sprang er aus Oma Krumpflings Tasche. Er landete direkt vor dem kleinen Gaga, der diesmal ohne zu quengeln auf ihn gewartet hatte.

„Auf geht's, Gaga, jetzt bin ich nur für dich da." Gemeinsam marschierten die beiden in den Garten der Krumpfburg. Egon machte es sich unter dem vertrockneten Kaktus gemütlich. „Hier ist doch ein schöner Platz zum Lesen!" Gaga überreichte Egon das Buch und kuschelte sich glücklich in seinen Arm. Er gluckste vor Zufriedenheit. Mit der freien Pfote strich Egon über den grauen Einband. Gaga hatte wirklich eines der hässlichsten Bücher der Krumpfburg geklaut. In der Bibliothek war es Egon noch nie aufgefallen. Dabei gab es dort nur elf pfotengeschriebe Bücher!
„Pfoten weg!", las er laut.
„Das ist wirklich ein seltsamer Titel."

„Nu and?“, fragte Gaga. „Haptsauche Bachstuben!“
„Da hast du auch wieder recht. Lassen wir uns vom Inhalt überraschen!“
Egon schlug den Deckel auf. Auf der ersten Seite war ein Krumpflingsschädel mit zwei gekreuzten Knochen zu sehen. Darunter stand: Nochmal – Patschpfoten weg von diesem Buch! Wer nicht folgt, kriegt Popoklatsche!
„Klingt ja doch ganz spannend.“ Langsam begann Egon auch neugierig zu werden, was sich hinter diesen geheimnisvollen Warnungen befand. Er blätterte weiter. Doch als er nach 31 weiteren Warnungen den eigentlichen Titel des Werkes entdeckte, fielen ihm vor Staunen beinahe die Glupschaugen aus dem Kugelkopf.
„Geheimes Stammbuch der Krumpflinge!“ Seine Stimme überschlug sich beim Aussprechen dieser Worte.
Auch Gaga wirkte sehr ehrfürchtig, als er wiederholte: „Stummbach!“
„Das ist das Stammbuch, das ich die ganze Zeit

gesucht habe! Wo hast du es her, Gaga?“, fragte Egon aufgeregt.
Da erklärte Gaga stolz: „Gaga Bach gemupst von Amo Krumpfling!“
„Du hast das Buch heute Morgen aus Omas Handtasche mitgenommen und die ganze Zeit hinter mir hergetragen, du schlauer Wunderkrumpfling!“, rief Egon begeistert und drückte Gaga ein Schmatzerbussi auf die flauschige Backe. Der Kleine wurde veilchenlila vor Stolz.
Egon schlug nun die letzte Doppelseite auf. Hier waren tatsächlich der Reihe ihrer Rupfung nach alle Krumpflinge aufgeführt, beginnend mit Opa und Oma Krumpfling, deren Rupfjahr sie mit Tinte geschwärzt und darübergeschrieben hatte:
Mein Alter geht kein Wollschwein was an.
Mit zitternder Zeigekralle fuhr Egon die Liste entlang. Lutschki, Fieseliese, Adelheid. Panko. Neben jedem standen in Professor Honigschwamms krakeliger Pfotenschrift Tag, Monat und sogar die genaue Uhrzeit der Rupfung. Und da, als Vorletzter vor dem kleinen Gaga und direkt nach

Wobbel, der am 5. Oktober auf die Welt gekommen war, da fand Egon sich selbst: „Nr. 50 Egon Krumpfling, ger. am 23. September im Jahr 309 nach Opa Krumpflings Propellerflug um 14 Uhr, 13 Minuten und 12 Sekunden. Das wäre dann also morgen“, überlegte er laut, bevor er weiterlas: „Besonderheit: auffälliger Herzchenfleck im Brustfell!“

Gaga wiederholte gackernd: „Herzchenfleck. Rapftug morgen.“

„Krumpfgütiger Regenbogen! Morgen schon?“, schrie Egon auf. Erst jetzt wurde ihm klar, wie bald morgen war. Er klappte den Buchdeckel so heftig zu, dass es staubte. Diese aufregende Neuigkeit musste er sofort seinem besten Freund Albi überbringen!

Albi kann nicht einschlafen

Albi lag bereits im Bett und las gerade im vierten Band einer Detektivserie. Sherlock Holmes würde in diesem Kapitel den Dieb überführen und Albi war sich fast sicher, dass auch er den richtigen Bösewicht von Anfang an unter Verdacht gehabt hatte. Bücher waren doch viel spannender als das echte Leben! Oder etwa doch nicht?

In diesem Moment purzelte Egon in das Zimmer seines Freundes und schrie aufgeregt: „Ich hab ihn!“

Mit einem großen Satz sprang er direkt auf die Decke über Albis Brust. Der legte sein Buch beiseite und runzelte fragend die Augenbrauen.

„Du weißt auch, wer der Täter ist?“

„Iwo! Ich habe meinen Ripf … meinen Rapf … meinen Rupftag rausgefunden! Du, Albi, ich hab das geheime Stammbuch unserer Sippe entdeckt!“

Aufgeregt fuchtelte Egon mit den Pfoten.
„Das ist wirklich großartig!“, bestätigte Albi.
„Ich hätte nicht gedacht, dass du das so schnell herausfindest. Du bist ja besser als Sherlock Holmes! Und in diesem Stammbuch stehen tatsächlich alle eure Rupftage drin?“
„Alle. Absulet alle.“ Egon stotterte vor Glück.
„So … so … sogar meiner. Und weißt du, was das Tollste ist?“
Albi lächelte ihn liebevoll an. „Nein. Aber du wirst es mir bestimmt gleich verraten.“
Egon machte eine wirkungsvolle Pause, um die Spannung zu erhöhen. Dann sagte er: „Der Rupftag von Egon Krumpfling ist bereits morgen!“
„Prima! Das müssen wir zusammen mit Lulu feiern.“ Albi kitzelte den kleinen Krumpfling mit dem Zeigefinger am Bauch.
„Genau! Ich lade euch ein und backe Schimmelpilztörtchen für euch, und dann spielen wir lustige

Spiele!“ Doch plötzlich ließ Egon die Löffelohren wieder hängen. Fast bis auf seine Schultern reichten sie nun. „Aber wie soll das gehen? Ihr passt nicht in meine Wohnhöhle. Die Kindergießkanne ist viel zu klein für uns drei!“
„Das stimmt wohl leider“, musste Albi zugeben. „Du kannst uns nicht zu dir einladen.“
„Geburtstag ist eben doch nur für Menschen“, stellte Egon enttäuscht fest. Ohne aufzuschauen, verabschiedete er sich von Albi. „Alles umsonst. Schlaf gut, mein Freund.“

So glücklich, wie er gekommen war, so betrübt verließ Egon das Zimmer seines besten Freundes. Albi konnte nach diesem Besuch nicht einschlafen. Nachdem er das Licht gelöscht hatte, wälzte er sich von einer Seite auf die andere. Egon ging ihm nicht aus dem Sinn. Natürlich konnte der kleine Krumpfling kein Rupftags-Fest in der Krumpfburg veranstalten. Aber musste er deswegen wirklich auf seine Party verzichten? Da hatte Albi plötzlich eine Idee. Eine sehr gute Idee …

Post für Egon Krumpfling

Egon wachte auf, weil seine Gießkanne wie bei einem Erdbeben wackelte. Während er von links nach rechts geschleudert wurde, dröhnten scheppernde Geräusche in seine Löffelohren. Nur mühevoll gelang es ihm, aus seinem Schlafsack zu kriechen, das Gleichgewicht zu finden und zur Öffnung hinauszulinsen. Im Garderobenständer hockte Fusselbart, der dürre Postbote der Krumpflinge. Oma Krumpfling hatte ihn dazu ernannt, nachdem einmal zufällig ein Brief von Großi Mampfling, der Herrscherin der Mampflinge, gefunden worden war. Fusselbart hebelte an der Tülle und trommelte mit einer Gabel gegen die Blechwand. Das war ja eine schöne Art, an seinem Rupftag geweckt zu werden!
Egon streckte den Kopf weiter heraus. „Spinnerst du jetzt komplett?“, fragte er ungehalten. „Oder

ist das eine neue Strickmasche,
um mich zu ärgern?"
Fusselbart ließ die Tülle, die er gerade nach unten gedrückt hatte, abrupt los. Dabei kippte die Gießkanne wie eine Schaukel nach hinten zurück. Egon verlor durch die plötzliche Bewegung das Gleichgewicht und knallte mit der Schnauze gegen die Öffnungskante. Da musste Fusselbart so kichern, dass ihm die Gabel aus der Hand fiel.

„Egon kriegt 'ne Nasenbeule, vor lauter Lachen ich gleich heule!", sagte er.

„Gibt's sonst noch was?", fragte Egon.

Der Postbote war noch nie zu ihm gekommen. Meistens hatte er sowieso nichts zu tun. Dann lag er irgendwo im Schatten, nagte an einem Trockenpilz und dachte sich Gedichte aus. Fusselbart kruschtelte in seiner Umhängetasche herum.

„Ist das nicht würmchenwunderlich, im Kasten war ein Brief für dich!"

Er zog einen kleinen Umschlag unter einem ver-

schimmelten Apfelbutzen heraus und drückte ihn Egon in die Pfote. Daraufhin verabschiedete er sich mit einer Kopfnuss von ihm.
„Und nun leb schlecht, du herzgeflecktes Huhn, ich hab jetzt wirklich Besseres zu tun!"

Egon spürte die Haut unter seinem grünen Pelz vor Aufregung kribbeln, als er das Kuvert von allen Seiten betrachtete. Das Papier war hellblau, und bis auf ein paar Obstflecken sah es aus wie neu. Nur drei Wörter standen in ordentlicher Schrift auf dem Umschlag: An Egon Krumpfling
Hatte ihm möglicherweise Mampfinchen geschrieben und den Brief in die Streichholzschachtel am Eingang der Krumpfburg gesteckt? Das niedliche Mampflingsmädchen und er waren beim letzten Teelöffelfeindschaftsspiel die Liberos ihrer Mannschaften gewesen und hatten sich dabei ein bisschen angefreundet. Wollte sie ihm möglicherweise sogar zum Rupftag gratulieren? Aber nein, woher hätte sie denn wissen sollen … Nein, das war ausgeschlossen!

Hastig biss Egon den Umschlag auf. Ein fein säuberlich zusammengefaltetes Blatt steckte im Inneren. Das klappte Egon auseinander und las:

Lieber Egon,
komm heute Nachmittag Punkt drei Uhr ins Kinderzimmer der Villa Artich. Sei ausnahmsweise pünktlich!
Dein bester Freund Albi

Dieser Brief kam von Albi? Das konnte nur eine Überraschung bedeuten!

So eine Überraschung!

Ein richtiger Brief von Albert Artich! So offiziell hatte er Egon noch nie zu sich heraufgebeten. Was das wohl bedeuten mochte? Der Vormittag in der Schule kam dem kleinen Krumpfling unerträglich lang vor. Er war richtig nervös, als er überpünktlich und mit sorgfältig gebürstetem Wuschelfell endlich die Treppe hinauf in den ersten Stock zu Albis Zimmer hüpfte. Heute war wirklich alles anders, das bemerkte Egon schon vor Albis Zimmer. In Krumpfaugenhöhe klebten an der Tür grüne und blaue Herzen aus Glanzpapier. Was hatte das zu bedeuten? Egon klopfte aufgeregt an. Albi und Lulu öffneten ihm. Und dann wäre der kleine Krumpfling beinahe umgefallen, so überwältigt war er von dem Anblick, der ihn erwartete: Das Kinderzimmer strahlte in festli-

chem Glanz. Überall waren Luftballons und Luftschlangen angebracht, und quer durch den Raum spannte sich eine selbst gebastelte Girlande, auf der in bunten Buchstaben geschrieben stand: ALLES GUTE ZUM RUPFTAG, LIEBER EGON! Darunter war mit Lulus Puppengeschirr und der schönen gestickten Tischdecke von Frau Artich auf dem Boden eine festliche Tafel gedeckt. In der Mitte thronte eine prächtige Torte. Die Marzipanschicht schimmerte dunkelgrün und war mit hellgrünen Herzen verziert. Der Duft von Schlagsahne und Vanillezucker waberte in Egons Schnuffelnase. Um die Tortenplatte herum blinkte – weil offenes Feuer bei den Artichs zu Recht nur erlaubt war, wenn ein Erwachsener anwesend war – eine elektrische Lichterkette, die normalerweise den Christbaum zierte. Hinter

der Limonadenkaraffe entdeckte Egon schließlich sogar zwei hübsch verpackte Geschenke. Er rieb sich mit beiden Pfoten die Glupschaugen.
„Ich glaube, du träumst, Egon Krumpfling“, brabbelte er vor sich hin.
„Willkommen bei deiner Rupftagsfeier, lieber Egon!“ Lächelnd kniete sich Albi neben Egon auf den Boden und drückte seinen Freund vorsichtig an sich. „Herzlichen Glückwunsch!“
„Alles Gute!“ Lulu hockte sich dazu und erklärte: „Das ist alles von uns nur für dich!“
Egon musste sich eine Träne aus dem Augenwinkel wischen. Da war ein Glücksrumoren in seiner Brust, das ihn gleichzeitig lachen und weinen ließ. „Das ist alles so wunderbar, dass mir null und nichts mehr einfällt, was ich sagen soll! Doch, jetzt weiß ich was!“ Er verbeugte sich tief. „Krumpftausendmal Danke!“
„Gern geschehen!“, sagte Lulu und schnappte sich eine Gabel. „Können wir dann mal anfangen?“

Das war ganz in Egons Sinn. Er hätte sich am liebsten direkt in die Torte gesetzt. Sie roch so lecker! Und dann wollte er ganz schnell seine Geschenke auspacken. Doch Albi schüttelte den Kopf. Mit einem Blick auf seine Armbanduhr sagte er. „Drei vor drei. Wir müssen noch warten."
„Warten?" Egon riss die Glupschaugen auf.
Auch Lulu runzelte fragend die Stirn. „Auf wen denn bitte?"
Da sagte Albi geheimnisvoll. „Auf Egons Ehrengast natürlich!"
In Egons Bauch begann es nun zu kribbeln, als wäre eine Flasche Zitronenlimonade darin explodiert. Ein Ehrengast auf seiner Rupftagsparty – wer konnte das nur sein?

Er rätselte: „Kommt Lulus kleiner Bruder Bruno vielleicht?“
„Hoffentlich nicht!“, antwortete Lulu entsetzt.
Doch Albi schüttelte grinsend den Kopf. „Geduld. Ich hoffe nur, mit meiner Einladung mache ich dir eine Freude.“
Das wurde ja immer spannender!
Albi blickte noch einmal auf seine Armbanduhr. „Genau drei. Jetzt müsste es eigentlich …“ Er hatte den Satz noch nicht beendet, als es leise an die Tür klopfte.
„Mannometer, ich bin gespannt wie eine Slackline“, flüsterte Lulu.
„Möchtest du deinen Besuch nicht hereinbitten?“, forderte Albi Egon auf.
Ganz verwirrt tapste der zur Zimmertür. Er konnte sich beim besten Willen nicht vorstellen, wen Albi noch eingeladen haben könnte. In der Krumpfburg hatte er keine Freunde. Außer Gaga vielleicht, aber der war noch viel zu klein für Partys.
Es klopfte noch einmal zaghaft. Egon zog die Tür auf und linste vorsichtig um die Ecke: Als Erstes

erblickte er sommerhimmelblaues Flauschefell. Dann ein breites Grinsemäulchen mit zwei frechen Hackezähnchen unter einer schwarz glänzenden Schnuffelschnauze. Und dann sah Egon in die fröhlichen Glupschaugen von … Mampfinchen Mampfling!

Egon feiert Rupftag

Zuerst war Mampfinchen noch ein bisschen schüchtern.
„Ich hier seia richtig bei Rupftagsparty von Egon Krumpfling?“, fragte sie und streckte Egon ein kleines Kuvert entgegen. „Diese Einladung isset gefloga heute mittemang in Mampfburg. War beschweret mit Schokoriegel. Von Egon adressieret an Mampfinchen Mampfling?“
Der Umschlag sah genauso aus wie der, den Fusselbart in der Früh Egon übergeben hatte. Erst wunderte sich Egon, denn er hatte keinen Brief geschrieben. Aber dann begann er zu verstehen. Seinem aufmerksamen Freund Albi waren Egons begeisterte Berichte über Mampfinchen nicht entgangen. Darum hatte er einfach in Egons Namen eine Einladung durch das offene Kellerfenster der Zofflers in die Mampfburg geschleudert.

„Blauflauschrichtig bist du hier, komm rein!“, bat Egon Mampfinchen einzutreten.
Als das kleine Mampflingsmädchen im Zimmer Albi und Lulu erblickte, erstarrte sie vor Schreck. Doch Egon konnte sie schnell davon überzeugen, dass kein Krumpf- und kein Mampfling sich vor diesen beiden netten Menschenkindern fürchten musste. Im Gegenteil! Schon nach wenigen Minuten verstanden sich alle, als wären sie die ältesten Freunde und sangen im Chor:

„Heute stört uns Regen und auch Hagel nicht,
denn du strahlst ja grüner als ein Ampellicht.
Heute ist dein Rupftag, darum feiern wir.
Alle deine Freunde singen wir nun hier.
Alle deine Freunde freuen sich mit dir!
Dass Oma Krumpf gerupft dich hat,
war sicher ihre beste Tat!
Ein Glück, dass wir
befreundet sind,
wir gratulieren dir,
du Rupftagskind!“

Dann konnte die Rupftags-Party beginnen. Es wurde das schönste Fest der Welt! Zuerst wollte Egon seine Geschenke auspacken. Von Albi bekam er einen Gutschein für einen gemeinsamen Ausflug auf die Kirmes. Lulu hatte für Egon Pfeil und Bogen im Kleinformat geschnitzt. Und sogar Mampfinchen war nicht mit leeren Pfoten gekommen: Sie überreichte Egon ein kleines Päckchen, in dem ein wunderschönes Samtband lag, genau in der vergissmeinnichtblauen Farbe ihres Fells! Das wickelte sich Egon sofort um sein linkes Pfotengelenk und Lulu verknüpfte es

mit drei Wunschknoten. Nachdem er noch einen kleinen Freudentanz getanzt hatte, durften sich Egon und Mampfinchen ohne Kuchengabeln durch die große grüne Torte fressen. Albi und Lulu hatten bei Albis letztem Geburtstag an einem Konditoren-Kurs im Café Glöckchen teilgenommen und gelernt, wie man aus Schokokeksen, Schlagsahne und Marzipan ganz leicht eine richtige Torte zaubern kann. Doch obwohl auch sie kräftig zulangten, blieb noch einiges von diesem Prachtstück übrig. Auch die selbst gemachte süßsaure Limonade war „mampflecker“, wie Mampfinchen schmatzend feststellte. Nach dem Essen spielten sie mit verbundenen Glupschaugen „Eierbecherschlagen“. Leider drosch Egon so fest mit dem Löffel auf den Eierbecher ein, als er ihn gefunden hatte, dass der Fuß abbrach. Doch Albi schimpfte nicht, weil ja heute Egons Rupftag war! Und Egon freute sich riesig, als er unter dem Becher schließlich einen Champignon fand. Nachdem auch Mampfinchen ihren Eierbecher entdeckt und den Preis verschlungen hatte, schlug Lulu vor, „Mehlschneiden“ zu spielen. Dazu wurde ein Zitronenschnitz in einem festgedrückten Berg Mehl versteckt. Reihum sollten die Gäste nun mit einem Messer Stücke von dem Mehlberg abschneiden. Albi hatte schließlich das Pech, die Zitrone zu erwischen. Jetzt musste er mit dem Mund die Zitrone aus dem Mehlhaufen angeln und aussaugen. Lulu, Mampfinchen und Egon kringelten sich vor Lachen, als sie sahen, wie sich dabei Albis weiß gepudertes Gesicht zu einer Grimasse verzog und er dann kräftig in den Mehlhaufen nieste! Nach ein paar Runden „Blinder Krumpf“ hatte Albi eine neue Idee: „Eierlauf“ wäre doch lustig! Was er allerdings nicht bedachte, war, dass ein Hühnerei für ein bleistiftkurzes Wesen viel schwerer zu balancieren ist als für einen Menschen. „Hoppala. Das ausseha wie Matscheifrisur von Frau Lehrerin Mampfa!“, meinte Mampfinchen mit einem Blick auf die Sauerei, die Egon aus Versehen auf dem Boden verursacht hatte. Und dann kicherte sie so, dass den anderen dreien gar nichts übrig blieb als mitzulachen. Ihr Lachen

klingelte in Egons Löffelohren wie helle Glöckchen – und er hatte es mit seinen Ulkereien hervorgebracht. Es sollte nie wieder aufhören! Also hüpfte er zwischen die Teller, griff sich eine große Pfote voll Torte und rief: „Rette sich wer kann, sonst klebt Sahne dran!“
Dabei schleuderte er die süße Ladung auf Mampfinchen. Die bückte sich kreischend, und das Tortenstück platschte gegen die Zimmerwand, wo es einen grünen Fleck hinterließ. Aber auch Mampfinchen war ein Libero! So ein Angriff musste beantwortet werden. Sie zielte besser und traf Lulu immerhin am Auge. Die füllte ihren Becher mit Limo und rächte sich an Mampfinchen mit einer klebrigen Dusche. Währenddessen versuchte Egon, Albi eine Ladung Sahnetorte zu verpassen.

„Mich erwischst du nie!“, lockte ihn Albi und hüpfte zwischen Bett und Boden auf und ab. Also traf der kleine Krumpfling mehrfach nur die Wand. Da die Tortenreste nun alle verschleudert waren, sah sich Egon nach einem anderen Geschoss um, an dem sich niemand verletzten konnte. Albis Schmusekissen! Leider platzte die Naht, als es gegen die Tischkante flog. Wie Apfelblüten in einem Frühlingssturm wirbelten die weißen Daunen durch die Luft und ließen sich sanft auf der Limonaden-Pfütze nieder. Es war einfach nur herrlich!
Als die vier Freunde wieder etwas sehen konnten, bemerkten sie allerdings, dass sie unbemerkt Besuch bekommen hatten: Rosalie Artich stand im Türrahmen und schlug entsetzt die Hände vor ihr Gesicht.

Die Party geht weiter

„Ich geh dann mal besser mal! Tschauwauwau“, sagte Lulu und machte sich schnell davon. Auch Egon nutzte Frau Artichs Schreckstarre, um nach seinem neuen Bogen und dem Köcher zu greifen, Mampfinchen mit der anderen Pfote zu packen und an Albis Mutter vorbei aus dem Kinderzimmer zu verschwinden. Das Mampflingsmädchen kicherte noch immer, als sie bei Zofflers Gartentor angelangt waren. Dort wandte sie sich Egon zu und sagte: „Das seia gewest der mampfbeste Tag in meinem Leben! Gewest soso lauselustig!“
„Wirklich sehr schade, dass die Feier schon vorbei ist“, bestätigte Egon. „Aber Professor Honigschwamm behauptet ja immer, wenn es am schönsten ist, soll man aufhören.“
Da blinzelte Mampfinchen Egon mit ihren veilchenblauen Glupschaugen so an, dass ihm

beinahe Pfeil und Bogen aus der Pfote gefallen wären.

„An meinen Rupftag du werda Gast von mir und auch deine Freunde."

Und dann hauchte sie Egon sogar ein Schmatzerbussi auf die Backe. Egon verabschiedete sich schnell. Denn schöner als jetzt konnte sein Rupftag sicher nicht mehr werden! Wie betrunken vor Glück wankte er nach Hause in die Krumpfburg. Aber wenn er gedacht hatte, dass er sich nun unbemerkt in seine Gießkanne schleichen und von der Erinnerung an die herrlichen Erlebnisse zehren konnte, dann hatte er sich getäuscht. Auf dem Hauptplatz erwartete Egon ein Auflauf aller Sippenmitglieder. Sie schlürften und rülpsten, knallten ihre vollen Krumpfteetassen aneinander und schrien aufgeregt durcheinander, als sie Egon entdeckten: „Seht, seht! Das herzige Würstel ist endlich zurück!"

Der schleimige Schorschi plärrte sofort nach Oma Krumpfling. Egon wusste gar nicht, was er davon halten sollte. Da teilte sich der

wilde Haufen schon und Oma Krumpfling stapfte geradewegs auf Egon zu. Die Chefin sah zum Fürchten aus. In ihren Locken steckten all die bunten Federn aus Egons Einfach-so-Geschenk, wie bei einem Indianer-Häuptlingsschmuck. Dazu trug sie ihre liebste Blümchen-Kittelschürze, die sie sonst nur bei besonderen Anlässen anhatte und grinste gefährlich. Wollte sie ihn nun beschimpfen, weil er heimlich aus der Krumpfburg verschwunden war? Aus Angst vor ihrem Gekeife legte Egon die Löffelohren flach nach hinten. Deswegen meinte er zuerst auch, er hätte sich verhört, als Oma Krumpfling ihn in die Wange kniff und rief: „Da ist ja mein Lieblingsherzchenbär, der seit gestern eine Überraschung nach der anderen aus dem Schöppel zaubert!“

Aus den Augenwinkeln sah Egon, wie Schorschi goudagelb vor Neid wurde und sich in den Bauch biss. Oma Krumpfling jedoch schien das nicht weiter zu interessieren.

„Egon Krumpfling, was guckst du denn so kringeldumm?"

„Ich verstehe das alles nicht!", gab Egon kleinlaut zu.

„Wir machen Party, du Dummschniefschnauze! Und du bist der Ehrengast", erklärte die Chefin. Und weil Egon immer noch so ungläubig dreinschaute, forderte sie ihn auf: „Komm doch mal mit zum großen Duschkopf, dem dank deiner krumpfgenialen Klugheit niemals versiegenden Krumpftee-Quell!"

Weil ein kluger Krumpfling immer machen sollte, was Oma Krumpfling verlangt, folgte ihr Egon brav zum großen Duschkopf. Da dieser an die Wasserleitungen der Villa Artich angeschlossen war, konnten die Krumpflinge aus ihm die leckeren Menschenschimpfwörter ernten, die oben im Haus gesprochen wurden, und zu Tee verarbei-

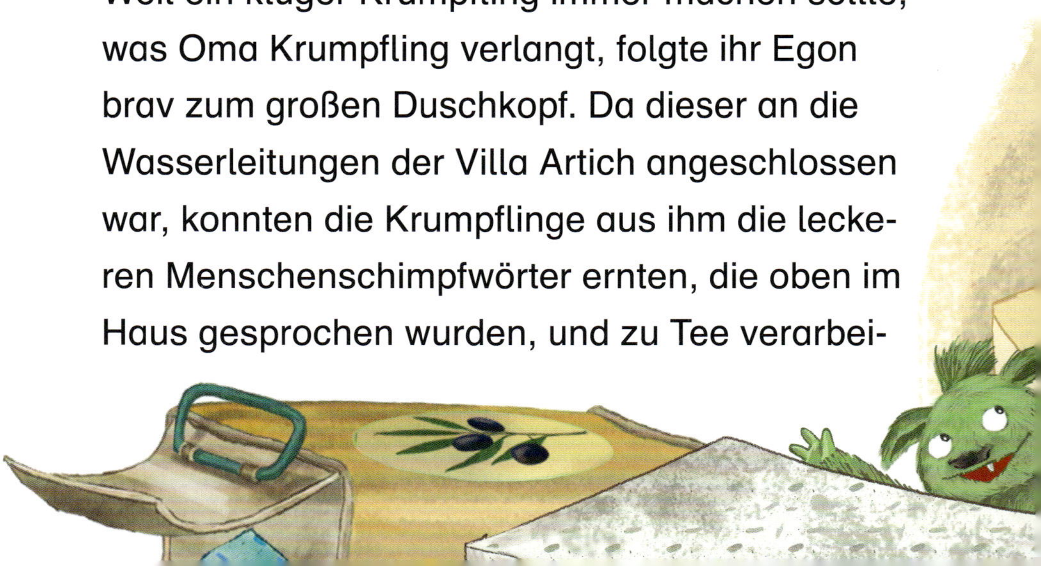

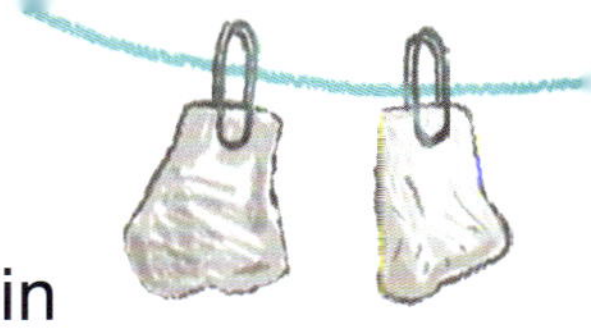

ten. Meistens waren das Ausdrücke, die sein Freund Albi absichtlich für die Krumpflinge in den Ausguss rief. Aber nachdem Egon eine Weile gelauscht hatte, kapierte auch er, warum die Sippe heute so ausgelassen feierte: Rosalie Artich tobte durch Albis Kinderzimmer und hatte einen ihrer seltenen Zornausbrüche, bei denen sie all ihre guten Manieren vergaß. Und Egon wurde in der Krumpfburg als Held gefeiert, weil er das schönschaurige Unheil verursacht hatte!

Strafe muss sein!

Die bösen Worte von Frau Artich pladderten aus dem Duschkopf wie ein Wasserfall: „So eine Schweinedrecksauerei, ich fasse es nicht! Am Sonntag kommen meine Freundinnen. Die fallen doch um, wenn sie sehen, was für eine Matschmade mein Sohn ist! Schau dir das Zimmer an! In diese Mistkiste würde nicht einmal ein Gigantenskunk seine Stinkpfoten setzen!“ Albis Mutter stockte. Während sie nach Luft schnappte, angelte sich Oma Krumpfling die „Stinkpfote“ aus dem Auffangbecken und ließ sie schmatzend hinter ihren Hackzähnen verschwinden. Pur und ungekocht

verzehrten die Krumpflinge Schimpfworte nur, wenn sie im allergrößten Überfluss schwelgten. Die Chefin wollte Egon sogar den „Gigantenskunk“ spendieren. Doch der presste vor Schreck seine Pfoten aufs Maul, woraufhin sie den Leckerbissen Schorschi zuwarf.
Wie hätte Egon diese grauenhafte Schimpftirade genießen können? Sie galt schließlich seinem allerbesten Freund! Er hörte, wie Albi versuchte, sich mit zitternder Stimme zu verteidigen.
„Aber Mama, ich räum das alles wieder auf. Lulu und ich haben doch nur gespielt und ein bisschen Spaß gehabt und …“
Rosalie kreischte von Neuem los wie eine Feuerwehrsirene: „Diesen Komplettgau nennst du Spaß? Deiner Luise Vogelsang kannst du ausrichten, dass sie sich nicht mehr blicken lassen soll. Solche Kakerlakenkinder sind hier unerwünscht. Und du bekommst für deine mikrobenhirnige Bosheit eine Strafe, die sich bei 90 Grad gewaschen hat!“
Trainer Plerri pfiff durch die Zähne und schrie: „Jetzt zeig’s dem Zwerg, du alte Zeterziege!“ Die

anderen Krumpflinge jubelten: „Strafe! Strafe!“
Doch Egon schlackerte mit den Ohren. Zu solch schlimmen Worten hatte sich Rosalie Artich noch nie hinreißen lassen. Nicht einmal, als Egon ihr beinahe den Weihnachtsabend verdorben hatte! Rosalie konnte sehr streng sein. Was würde sie seinem Albi nun antun?
Die Antwort kam umgehend: „Albert Artich, zur gerechten Vergeltung für dieses ferkelöse Vergehen“, zischte Frau Artich, „zur mehr als gerechten Vergeltung sage ich dein Geburtstagsfest ab. Es wird gestrichen. Ersatzlos.“
„Schenk mir meinetwegen nichts zum Geburtstag, aber bitte blamier mich nicht so, Mama! Ich habe meine Freunde doch schon alle eingeladen!“, bat Albi kleinlaut.
„Und du wirst sie höchstpersönlich wieder ausladen und ihnen erklären warum. Nämlich weil du dich benommen hast wie das letzte Dreckschweindel aus Schmuddelhausen!“
Im ersten Moment konnte Egon es nicht glauben: Sein Freund Albi durfte selbst nicht Geburtstag

feiern, weil er für Egon eine Rupftagsfeier organisiert hatte? Aber Frau Artich meinte es tatsächlich ernst.

„Punkt. Aus. Basta. Die Strafe steht fest. In fünfzehn Minuten gibt es Abendbrot. Bis dahin räumst du diesen Graus hier auf."

Egon hörte, wie lautstark die Tür zugeworfen wurde, und dann drang das schrecklichste Geräusch in seine Löffelohren, das er sich denken konnte: das bitterliche Weinen seines Freundes, den er am allermeisten auf der Welt liebte.

„Beim grauslichen Krumpf, jetzt heult das Bams. Wie wunderbar, aus unserem mickrigen Herzchenfleck ist tatsächlich ein herrlicher Menschenschreck geworden!", lobte Oma Krumpfling Egon beeindruckt.

Doch das konnte der kleine Krumpfling nicht so stehen lassen. Sollten die anderen denken, was

sie wollten, aber Frau Artich musste so schnell wie möglich einsehen, dass Albi nicht schuld an all dem Chaos war. Er, Egon, hatte doch mit der Tortenschmeißerei angefangen!

„Passt alle gut auf!“, schrie er. „Diese Fiesliesel wird noch mehr Grund zum Zetern bekommen!“

Unter dem Gejubel seiner Sippen und mit Pfeil und Bogen ausgerüstet verließ er die Krumpfburg, um Albi zu rächen.

Egon greift an

Als Egon in die Küche der Villa Artich schlich, waren Albis Eltern beinahe mit der Vorbereitung des Abendessens fertig. Rosalie stellte die Gasflamme unter einem Topf ab, in dem Spinat blubberte. Dann hob sie mit einer Greifzange vegetarische Würstchen aus der Pfanne auf eine Servierplatte und berichtete dabei ihrem Mann, was kurz zuvor im Kinderzimmer vorgefallen war. Bertram mischte bedächtig Gurkenscheiben unter den Kartoffelsalat und meinte: „Möglicherweise waren diese grobmotorischen Unsicherheiten unseres Sohnes keine böse Absicht, sondern erste Anzeichen einer früh beginnenden Pubertät? Denkst du nicht, dass es zu hart ist, deswegen seine Geburtstagsfeier zu streichen?“
Frau Artich schüttelte heftig den Kopf. „Mir fällt das auch nicht leicht, Berti. Doch Albert muss

lernen, dass falsches Verhalten unangenehme Folgen hat. Gerade, wenn er schon ins Flegelalter kommen sollte."
Heimlich verfolgt von Egon trug sie nun ein Tablett mit Würstchen, Kartoffelsalat und Spinat ins Wohnzimmer, stellte alles auf den bereits gedeckten Esstisch und marschierte dann ins Treppenhaus, um den Essensgong zu schlagen. Egon überblickte flink, was er zu seinen Zwecken nutzen konnte. Als Erstes biss er Schlitze in die Sofakissen. Dann fiel ihm eine Packung Apfelsaft auf dem Esstisch ins Glupschauge. Er bohrte mit der Kralle einige kaum sichtbare Löcher knapp unterhalb der Öffnung. Danach schaufelte er ein paar Pfoten voll Kartoffelsalat auf das grüngelb karierte Sitzpolster des Stuhls, auf dem normalerweise Frau Artich saß. Durch die ähnliche Farbe fiel der matschige Haufen nicht auf. Von den beiden Senftuben schleppte Egon eine hinter eine Vase voller Sonnenblumen, die zur Dekoration auf dem Tisch stand. Zwischen deren Blätter versteckte er sich auch gleich selbst, denn schon setzte sich Herr

Artich an den Tisch. Mit hängenden Schultern trottete Albi kurz darauf zu seinem Stuhl.

„Deine Mutter hat mir alles über die Verwüstung in deinem Zimmer berichtet“, begrüßte ihn sein Vater. „Das war heute ausnahmsweise mal keine Glanzleistung von dir!“

Albi nickte mit zitternden Lippen. Man sah ihm an, dass er sich bemühte, nicht wieder zu weinen. Nur zu gerne wäre Egon sofort zwischen den Blättern der Sonnenblumen hervorgesprungen und hätte seinen Freund getröstet! Aber das wäre zu gefährlich gewesen. Er beobachte, wie Frau Artich nun zu Albi trat und auf seinen Teller eine Portion Spinat löffelte.

„Ich habe schon beim Museum angerufen und die Geburtstagsveranstaltung abgesagt. Morgen in der Schule musst du

deinen Freunden erklären, warum das Fest am Samstag ausfällt. Und jetzt sprechen wir am besten nicht mehr darüber, sondern genießen unser Abendbrot."

Mit der Zange griff sie nach einem Würstchen.

Egon zog leise einen Pfeil aus seinem Köcher und spannte ihn in den Bogen. Dann zielte er … ließ die Sehne los … und das Würstchen löste sich aus der Greifzange in Rosalies Hand, platschte in Albis Spinat und versank. Dafür verteilten sich auf Albis zitronengelbem T-Shirt grünbraune Flecken wie ein Jaucheregen!

„Wie ungeschickt von mir!", schalt sich Frau Artich. Sie wollte Albi ein zweites Würstchen auf den Teller legen. Doch auch dieses zischte wundersamer Weise aus der Zange und verschwand mit einem Platscher in Albis Spinat. Diesmal hatte Egon noch besser getroffen. Die Spritzer prangten nun sogar auf Bertrams Stirn.

„Also Rosalie! Was ist denn heute mit dir los?“ Herr Artich tastete nach seiner Serviette, um sich den Spinat von der Stirn zu wischen.
„Ich weiß auch nicht. Wahrscheinlich hat mich Albis schlechtes Benehmen so aus der Fassung gebracht.“
Rosalie nahm die Saftpackung, um allen einzuschenken. Doch der Saft floss nicht in die Gläser, sondern pritschelte daneben, floss über die Tischplatte und tropfte auf den Boden.
„Pfui, was ist das denn jetzt?“, rief sie ärgerlich über sich selbst. Dass der klebrige Saft nicht aus der Öffnung, sondern etwas weiter unten durch die Löcher floss, die ein kleiner Krumpfling gebohrt hatte, konnte kein Mensch ahnen!
Nun, einer vielleicht schon: Albi beschlich langsam das Gefühl, dass bei all diesem Ungeschick sein lieber Egon die Pfoten im Spiel haben könnte. Er musste sich auf die Backen beißen, um nicht zu lachen, als seine Mutter zuletzt den Kartoffelsalat ausgab und sich dann erschöpft auf ihren Stuhl setzte. Denn sofort sprang sie mit

einem Schrei wieder auf, fuhr sich mit der Hand über ihren Popo und betrachtete entsetzt die Matsche an ihren Fingern.

„Zum Terrorteufel, verdammich, was ist das jetzt für eine Ferkelpampe?“

„Kartoffelsalat?“, sagten Albi und sein Vater wie aus einem Mund.

„Den scheinst du ja ordentlich daneben gelöffelt zu haben!“, stellte Herr Artich fest. Auch er konnte sich ein Grinsen kaum noch verkneifen.

„Diese pubertätstypischen Anzeichen von Unsicherheit in der Grobmotorik können also auch ausgewachsenen Damen passieren!“

„Papperlaquatsch! Das muss ein Versehen gewesen sein, du neunmalgescheiter Schwallschwätzer!“

Rosalie griff grimmig nach der Tube mit dem extrascharfen Senf. Während sie etwas davon auf ihre Würstchen drückte, quetschte Egon zwischen den Sonnenblumen die Tube mit dem Delikatesssenf so aus, dass der quer über den Tisch und an die Wand spritzte.
„Igittigittigitt!“, kreischte Rosalie. „Das sieht ja aus wie hingerotzt!“ Sie rannte zu der Bescherung und untersuchte den Schaden. „Wie soll ich das bis Sonntag, wenn meine Freundinnen kommen, wieder schön sauber bekommen?“
Völlig verzweifelt ließ sie sich aufs Sofa fallen. Aus den aufgebissenen Kissen wirbelten die weißen Daunen wie aus einer Schneekanone und taumelten dann in die Saftpfützen am Boden.
„Diese Einladung musst du wohl absagen“, stellte Herr Artich lachend fest. „Denn wer solche Unordnung produziert, der sollte die Folgen für sein Handeln auch spüren.“
Rosalie starrte ihn mit offenem Mund an. Doch plötzlich prustete auch sie los und rief: „Ach, meine beiden Bertis, was war ich doch für eine

Dooffrau! Jedem kann mal ein Unglück passieren. Das mache ich wieder gut, indem wir das schönste Fest feiern, das unser Albispatz sich vorstellen kann!“

Als Albi das hörte, löste sich das Betongefühl in seiner Brust und er konnte auch von Herzen mitlachen. Doch weil er ein sehr feines Gehör besaß, nahm er dabei ein fliegensummleises Krumpflingsgekicher aus der Blumenvase wahr!

Alles Gute zum Geburtstag!

Rosalie Artich hatte nicht zu viel versprochen. Sie richtete für Albi ein herrliches Fest aus. Weil der Mal-Kurs im Museum alter Meister schon abgesagt war, wollte sie ihn nicht wieder neu buchen. Also durfte Albi seine Freunde zu sich nach Hause einladen. Genau wie er es sich immer gewünscht hatte. Natürlich befand sich auch sein bester Freund Egon Krumpfling unter den Gästen, allerdings unbemerkt in Albis Bauchtasche. Nachdem sich alle Kinder und ein Krumpfling an Sahnetorte und Zwetschgendatschi satt gegessen hatten, gab es lustige Spiele wie „Würstelschnappen“ und „Karottenziehen“. Dass die kleine Anna sich aus Versehen beim Schokoladeauspacken auf die halbe Tafel setzte und sie dabei ins Sofa schmolz, störte nicht einmal Frau Artich. Die Zimmer mussten eh gründlich geputzt, zum Teil neu gestrichen und das Sofa abgezogen und gereinigt werden. Doch was das Allerwundertollste war: Rosalie hatte sich für den Höhepunkt der Feier eine prima Überraschung ausgedacht … Sie verteilte an die Kinder Malkittel, dicke Pinsel und große Gläser mit Farben. Und dann durften sie nach Herzenslaune die Wände in Albis Zimmer bemalen!

Am späten Abend, als alle längst daheim waren, saß Rosalie an Albis Bett, streichelte ihm über die Haare und sagte: „Herzlichen Glückwunsch zum Geburtstag, Albispatz. Du bist wirklich das Beste, was mir und deinem Papa in unserem Leben passieren konnte. Wenn das kein Grund zum Feiern ist."
„Danke Mama!", antwortete Albi glücklich. „Das war ein wunderschönes Fest. Aber wie willst du nun morgen deine Freundinnen empfangen? Tippitopi aufgeräumt sieht unser Haus ja nun nicht gerade aus."
„Das macht nichts. Echte Freundinnen sollte das

nicht stören und unechte brauche ich nicht."
Rosalie schaute sich im Kinderzimmer um. Die Partygäste hatten alle freien Stellen mit fantastischen Pflanzen und Tieren verziert. Ihr Blick blieb an einem großen grünen Krumpfling mit einem hellgrünen Herzchenfleck über Albis Bett haften. Dann griff sie nach Egons Selbstportrait auf dem Nachttisch, das der Albi zum Geburtstag geschenkt hatte, und verglich die beiden Abbildungen. „Dieses seltsame grüne Wesen, das du da mit Lulu entworfen und gemalt hast, ist sehr ungewöhnlich. Aber das hellgrüne Herz im Fell macht es erst perfekt. Ich finde, wir sollten es nicht überstreichen."
Sie gab Albi einen Kuss auf die Stirn und löschte das Licht.

„Da ist Egon Krumpfling ausnahmsweise ganz deiner Meinung“, sagte Egon unten in der Krumpfburg. Er hatte am großen Duschkopf gesessen und noch ein bisschen gelauscht. Aber jetzt wollte auch er schlafen gehen. Ein Lebensjahr voller neuer Abenteuer wartete auf ihn und seinen besten Freund.

(ISBN 978-3-570-15858-6)

(ISBN 978-3-570-15859-3)

(ISBN 978-3-570-17090-8)

(ISBN 978-3-570-17123-3)

(ISBN 978-3-570-17262-9)

(ISBN 978-3-570-17284-1)

(ISBN 978-3-570-17344-2)

(ISBN 978-3-570-17395-4)

(ISBN 978-3-570-17477-7)